KB207344

창비시선 83

신경림 紀行詩集

길

창비

차　례

제 1 부

제 4 부

제 1 부

강마을의 봄

가흥*에서

눈 깜짝할 사이에 수천 수만 명을 죽일 흉기가
마을을 향해 아가리를 벌린
강가에서는 벌거벗은 외국 병정들이
휘파람과 콧노래로 향수를 달래고 있다
봄이 왔다고 그래도 담과 지붕은
개나리꽃 살구꽃으로 덮였는데
그물을 손질하는 늙은이들 두엇만이 보일 뿐
마을이 빈 것처럼 조용한 것은
사람들이 코 큰 병정들의 전쟁놀음이 무서워
어둑한 방에 박혀 나오지 않는 까닭이다
떼지어 산너머로 날아간 비행기들은
사십 년 전이나 한가지로 멀쩡한 논밭에
아무렇게나 폭탄을 들이붓고 돌아오고
사람들은 그때마다 다시 들어야 하는
피와 죽음의 울부짖음에 귀를 막는다
한때는 짐배와 뗏목이 강을 메우고
낯선 배꾼들의 노랫소리와 웃음소리로

왁자지껄하던 강마을이 이제는

꽃과 함께 올라오는 전쟁놀음에

봄이 와도 봄이 온 것 같지가 않다

  * 가흥은 남한강의 한 강마을로서 옛날에는 강창이 있어
    충북·경북·강원의 세곡이 모이는 강상교통의 중심지
    이기도 했으나, 지금은 봄마다 팀 스피리트 훈련의 중
    심이 되고 있다. 마지막 구절은 선인의 "春來不似春"의
    표현을 그냥 썼다.

금 강 산

통일전망대에서

잘난 사람들끼리 오가면서
나라 갈라진 것 한데 잇는다는 구실로
돈벌이 궁리를 하고
사람들은 행여 이것이 통일의 첫걸음 되지 않을까
꿈에 들떠 봄비는 통일전망대에서 나는
진종일 멀리 금강산 한 끄트머리를 보고 섰다
붉은 병 던져 불을 일으키고
푸른 병 던져 눈비 부르고
하얀 병 던져 병을 퍼뜨린 요술쟁이
이번에는 노란 병 던져
시체와 폐허 위에 혹 철길을 놓으면
우리 그 길 타고 그리웠던 저 산자락
밟아볼 수도 있지 않을까
하지만 금강산이 우는 소리를 듣는 사람은 듣는다
칼날과 살얼음을 딛고서
죽음과 어둠 속에서 이 땅을 밀어올린
힘겹게 밀어올린 사람들은 듣는다

요술쟁이의 큰 구두에 짓이겨지면서도
팔다리가 잘리고 목이 동강나면서도
깃발을 내리지 않는 사람들만은 듣는다
한도 끝도 없이 이어지는 거짓과 속임수의 역사를
천년 만년 지켜본 금강산이 우는 소리를
제 온몸에 부스럼처럼 닥지닥지 붙을
호텔이며 도박장이며 디스코 홀을 생각하고
몸을 떨며 금강산이 우는 소리를

끊어진 철길

철원에서

끊어진 철길이 동네 앞을 지나고
'금강산 가는 길'이라는 푯말이 붙은
민통선 안 양지리에 사는 농사꾼 이철웅씨는
틈틈이 남방한계선 근처까지 가서
나무에서 자연꿀 따는 것이 사는 재미다
사이다병이나 맥주병에 넣어두었다가
네댓 병 모이면 서울로 가지고 올라간다
그는 친지들에게 꿀을 나누어 주며 말한다
"이게 남쪽벌 북쪽벌 함께 만든 꿀일세
벌한테서 배우세 벌한테서 본뜨세"

세밑 사흘 늦어 배달되는 신문을 보면서
농사꾼 이철웅씨는 남방한계선 근처 자연꿀따기는
올해부터는 그만두어야겠다 생각한다
'금강산 가는 길'이라는 푯말이 붙은 인근
버렸던 땅값 오르리라며 자식들 신바람 났지만
통일도 돈 가지고 하는 놀음인 것이 그는 슬프다

그에게서는 금강산 가는 철길뿐 아니라
서울 가는 버스길도 이제 끊겼다

우리의 소원

양양의 노동자수련대회장에서

나의 소원은 따끈한 밥 한 그릇

어머니와 함께 할 따끈한 밥 한 그릇

나의 소원은 전세방 한 칸

잠도 자고 꿈도 꿀 작은 방 하나

나의 소원은 편안한 하루

언니 오빠 함께 쉴 조용한 하루

나의 소원은 아늑한 일터

눈 부라리는 이 없는 화목한 일터

노래하며 함께 일할 정다운 동무

말하지 말라 모두들 네 편이라고

신문에 실릴 이름 석자 위해

족보에 오를 서푼짜리 벼슬을 위해

거짓웃음으로 턱이 굳어 있으면서

자기 아들딸만의 행복을 위해서

자기 가족만의 안녕을 위해서

모두 잠든 밤에 홀로 한숨 쉬면서

우리의 소원은 따스한 나라

네 꿈 내 꿈 이루게 할 즐거운 나라
우리의 소원은 밝은 세상
속임수 안 통하는 신나는 세상

돼 지 꿈

평택의 농사꾼 한효선씨의 꿈얘기

평택에서 돼지를 기르는 한효선씨는
자기 자신이 종종
돼지가 되어 사는 꿈을 꾼다
아무리 성실하고 부지런히 살아도
또 정직하고 착하게 살아도
사람들은 그것을 알지 못한다
거짓말을 하고 속임수를 쓰고
도둑질을 해도 알지 못한다
그런 돼지 가운데서
사람들은 마음 내키면
아무거나 골라 잡아먹는다

사람들도 누군가에 의해서
그렇게 죽어가는 것이나 아닐까
그렇다면 그 누구는 누군가
한효선 씨는 종종 저 자신을
누군가가 돼지처럼 골라

잡아먹는 꿈을 꾼다
잘생긴 이 나라의 지도자들이

파   도

여의도의 농민시위를 보며

얼마나 어리석은 일인가
저 바다 언제까지나
잠들어 있으리라 생각했으니.
얼마나 황홀한 일인가
저 파도 일제히 일어나
아우성치고 덤벼드는 것 보면.
얼마나 신바람나는 일인가
그 성난 물결 단번에
이 세상의 온갖 더러운 것
씻어내리리 생각하면.

철조망 너머의 해돋이

속초에서

해도 하늘도 철조망에 갇혔다
푸른 바다와 철썩이는 파도소리도
철조망에 갇혔다
아니 우리가 철조망에 갇혀
바다를 뚫고 솟아오르는
붉은 해를 본다.
그렇구나

분단이 갈라놓은 것은
땅과 사람만이 아니로구나
해와 하늘마저, 바다와 파도소리마저
우리로부터 갈라놓았구나
우리 가슴 속에까지 철조망을 쳐서
그것 너머로 세상을 보게 하는구나.

부릅뜬 눈

지리산 달궁에서

비 오는 날이면 소녀들이 우는 소리가 들린다
어머니를 부르며 흐느끼는 소리가 들린다
눈발 치는 어스름에는 소년들이 서성이는 것이 보인
다
어깨동무로 미지기도 하고 갈갬질도 치면서
바위 사이로 나무 사이로 몰려다니는 것이 보인다
꽃 피는 철에는 처녀애들의 웃음소리가 들린다
진달래로 산나리로 맨몸을 치장하고
골짜기에서 자갈밭에서 꽃나비 춤추는 것이 보인다
기러기 나는 달밤에는 사내애들 뛰노는 소리 들린다
끼줄도 하고 씨름도 하고 공중잽이도 하면서
쿵쿵 달구질로 땅 밟는 그림자가 보인다
떠오르는 아침 햇살 속에 소년 소녀들 부릅뜬 눈이
보인다
나뭇잎 사이 이슬 맺힌 꽃덤불 속 싱그러운 바람 속
에
사내애들 처녀애들 맑고 고운 눈이 보인다

세상의 더러움을 몰라 사람의 교활함을 아직 몰라
살아 있는 사람들의 눈을 죽지 않게 하는
활활 불길로 타는 부릅뜬 눈이 보인다

푸른 구렁이

충주에서

계명산에서 내려온 푸른 구렁이가
밤마다 품안으로 기어드는
꿈을 꾸고서 김세진*군을 낳았대서일까
세진군의 아버지와 함께 참석한
자주 민주 통일을 위한 시민잔치에는
온통 푸른 구렁이 천지다
고추와 담배로 폐농한
삼십 년 만에 만나는 소학교 동창들은
살아온 얘기도 없이 댓바람에
눈에서 새파란 불을 뿜고
물이 차면서 쫓겨난 고향 사람들은
온몸이 시커먼 독으로 덮여 있다
고향이라고 이리저리 강가로 끌려다니며
친구들과 막걸리도 들었지만
김세진군을 자전거에 태워 자주 다녔다는
노루목이며 탄금대며 호암지에서
내가 본 것은 푸른 구렁이들뿐이다

온몸이 시커먼 독으로 덮여

새파란 불을 뿜는 푸른 구렁이들뿐이다

* 1986년 4월 28일, 서울대의 반전 반핵과 대학생의 전
  방입소 교육을 반대하는 투쟁을 이끌던 김세진군과 이
  재호군은 신림동 네거리에서 온몸에 석유를 뿌리고 분
  신, 산화했다. 김세진군은 충주에서 태어나 소학교까지
  그곳에서 다녔다.

경주를 지나며

천년 고도 경주를 지나며
다보탑과 첨성대가 있는 경주를 지나며
총칼과 군화발을 생각하게 되는 것은 웬일인가
핵과 폭탄이 가득 실린
비행기와 군함이 두려워지는 것은 웬일인가
온 나라가 꽃과 노래로 덮인
세계의 잔치가 이 땅에서 벌어지는
맑고 푸른 이 가을날
매운 연기 속에 타들어가는
우리들의 죽음*을 보는 것은 웬일인가
한껏 부풀었던 꿈 풍선처럼 터지면서
우리들의 정서 우리들의 문화
단번에 천년 이천 년 전으로
곤두박질치는 걸 보는 것은 웬일인가
더 멀리 더 높이 더 빠르게
이런 밝고 힘찬 구호 속에
부드러운 손길 속에 웃음 속에 감추어진

발톱이 칼날이 보이는 것은 웬일인가

천년 고도 경주를 지나며

서동요와 헌화가 은은한 경주를 지나며

   * 1989년 8월 1일 동국대 경주캠퍼스 한의대를 나온 박
    종근군이 방위병에 소집되어 근무하다가 불에 타죽었
    다. 군당국은 염세자살이라고 발표, 가족의 사인규명에
    대한 강력한 요구를 묵살하고 가족의 동의도 받지 않은
    채 화장 처리함으로써 깊은 의혹을 남겼다.

경희궁에서

박래전군의 장례날에

키 큰 버짐나무 버드나무에 둘러싼
옛 서울고등학교 자리 경희궁
광주는 살아 있다고
민족은 통일돼야 한다고 외치며
온몸에 불을 지른 젊은이는
깃발에 싸여 만장에 싸여
통곡에 덮여 노래에 덮여 누워 있고
풀처럼 풀잎처럼 살겠다던 늙은이들은
뙤약볕 아래 땅을 보며 서 있다
이 시대의 지도자의
울음 섞인 조사를 들으며
울음 속에 자신의 살아 있음을 확인하며

역사란 실로 이렇게 무심히 흘러가는 것인가
다 보면서도 다 알면서도

장화와 구두*

장화끼리 막장에 들어가고
38도의 한증막 속에서 땀을 흘리고
탄가루를 마시고
탄가루 안주해서 소주를 마시고
장화끼리 모여
손뼉을 치고 노래를 부르면서
험악한 낮을 보내고
지루한 밤을 이기고
구두는 몰라 장화의 아픔을
장화의 서러움을 그 뜨거움을
장화끼리 모여
동터오는 새벽길에 나서고
장화끼리 장화들끼리

  * 탄광에서는 사무직원은 구두로, 광부는 장화로 상징된다.

꿈의 나라 코리아

황지에서

때와 먼지에 절은 술상에는
신 김치와 두부 무침
목에 켜켜로 쌓인 탄가루를 씻어내려고
부지런히 소주 주발을 들어올리는
시커먼 손들
진폐증으로 입원한
아들을 보러 간 주모 대신
굴속 같은 술청을 드나들던 젠사내가
광부들보다도 먼저 취했다
광산살이 서른 해에
얻은 것은 가난한 병뿐이라고
셈날 아직 멀어
하나둘 외상을 긋고 나가는
문밖에 내리는 비도 검고
꿈의 나라 코리아
꿈의 나라 코리아
텔레비전 속 여가수의 하얀 목소리가

대낮인데도 밤처럼 검은
집과 사람들을 놀려대고 있다

빈   집

가은*에서

벼슬 버리고 아이들 모아 글 가르치던 이강년이
나라 구하겠다고 집 떠났다가
목 잘려 돌아온 지도 어언 백 년
희양산의 눈바람은
골짜기에 무리지어 선 느티나무에
어느새 새파란 싹을 틔우고
대보름이 내일 모레라고 큰 마당에다
윷이냐 살이냐 윷놀이판을 벌여놓았지만
답답한 시골 소식 알리겠다고
서울 올라간 동네 일꾼들은
매맞았다느니 잡혀 갇혔다느니 뜬소문만 흘리면서
우수가 되어 재거름 재고 낼 땐데도
돌아오지 않는다
올해는 또 빈 집이 몇이나 늘 것인가
고추밭 담배밭엔 갈고 씨뿌릴 낌새도 안 보이고
양지바른 데 모여 앉은 늙은이들은
오직 일찍 죽지 못한 것만이 한스럽다 넌다

* 문경군 가은읍 상괴는 의병장 이강년이 태어난 곳으로 희양산 아래 자리잡고 있다.

나비의 꿈

철원*에서

사십 년 반평생을 나는
나비로 살았다
훨훨 철조망을 날아 넘어가
어머니 밤늦도록 바느질하는
뒷방 문 앞에서 서성거리기도 하고
누이한테 매달려 사방치기하던
마당가 빨랫줄에 앉아 쉬기도 했다
두엄 썩는 냄새 코 찌르는
학교 뒷문으로 날아 들어가면
2학년 아이들 제각기 소리내어
국어책 읽는 소리
벌소리처럼 잉잉댔다
문득 생각하는 날이 많다
지금 내가 꿈을 꾸고 있는 게 아닐까 하고
나비인 내가
사십 반평생을 좌판 앞에 쭈그리고 앉아
군고구마나 팔고 있는

꿈을 꾸고 있는 게 아닐까 하고

* 철원에는 통일이 되면 남 먼저 돌아가겠다고 주저물러
앉아 사는 실향민들이 많다.

새 벽 길

영춘*에서

강둑에 바투 붙은 여인숙에서
물소리를 들으며 긴 가을밤을 보내고
아침에 강가로 나오니 강물은
고장 이름 대로 그냥 봄이다
물에 손을 적셔보는데
주인이 나와 장터로 끌고 간다
짐차 석 대에 바리바리 실린 고추 푸대들
잘난 사람들 먹어보라고 오백리 길
서울 큰 마당에 갖다 부릴 거란다
죽을 병 든 아버지 약 구하겠다
나무하기, 불때기, 물긷기 삼 년
그래도 몰라주니 바리데기*라도 못 참아
진오귀굿 늙은 무당도 이른 조반 먹고 나와
성난 황소들 길 떠나는 채비를 돕고 섰다
강물에선 뽀얗게 물안개 피어올라도
농사 고을은 아무데도 봄이 없어

＊ 영춘은 단양에서 50여리 떨어진 오랜 강고을. 바리데
기는 씻김굿·진오귀굿 등에서 불리는 무가의 주인공으
로 일곱번째 딸로 태어나 부모한테 버림받지만, 저승까
지 가서 나무하기 3년, 불때기 3년에 약물지기의 애 셋
을 낳아주고 약물을 구해다가 죽을 병이 든 아버지를
살린다.

제 2 부

철   길

울산에서

내 형제들의 피를 빨고

땀을 짜서 놓은 철길을 타고 가서

구경하는 금강산은 아름다울까

내 친구들의 졸라맨 허리와

앙상한 갈비뼈를 짓밟은 발들과 나란히

밟아보는 북녘 들판은 부드러울까

내 이웃의 가슴에 대못을 박은

피묻은 붉은 손에 이끌려

잡아보는 동포들의 손은 따스할까

밤   차

신림*에서

세상은 온통

크고 높은 목소리만이 덮어

어느 것이 참이고

어느 것이 거짓인 줄을

가릴 수 없는 세월이 많다

밤차를 탄다

산바람 엉키는 간이역에 내리면

감나무에 매달린 새파란 그믐달

비로소 크고 높은 목소리

귓가에서 걷히면서

작고 낮은 참목소리

서서히 들리기 시작한다

속삭임처럼 흐느낌처럼

멀리서 가까이서 들리기 시작한다

* 신림은 원주 지나서 있는 치악산 아래의 작은 산역이다.

칠장사* 부근

극락이라고 이보다 더할쏘냐
그래서 동네이름은 극락
짙은 녹음에 건조실 반쯤 보이는 곳
병든 늙은이 개울가에 앉아 졸고 있다
시애비 병수발도 지겹고 또
못난 농투성이 지애비도 미워
며느리 돈벌이하겠다 집 나간 지 십 년
엊그제는 새 며느리도 도망갔지만
철모르는 손녀딸애는 마냥 즐겁다
새로 온 여선생이 언니 같대서
읍내에서 공장 다니는 사촌언니 같대서
공일날이라고 절에 올라가 하루를 보낸다
여선생한테 배운 사방치기로 하루를 보낸다

갈수록 궂은 일뿐인 마을을 굽어보면서
부처님이 웃으시는 까닭을 알겠다

 * 칠장사는 안성땅에 있는 임꺽정과 관계가 깊은 절이다.

서해바다

영흥도에서

도샛바람에서는 갯비린내나
짠 소금내보다도
땀에 절은 살갗,
때묻은 세간살이 냄새가 더 진하고
파도소리, 뱃고동소리보다도
엉머구리 끓듯 사람들 뒤엉켜
아귀다툼하는 소리가 더 높다.
그래서 물이 썰려나간 개펄에는 늘
바지락이나 굴이나 조개보다도
사람이 사는 이야기들이 더 많이
앙금이 되어 가라앉아 있다.
이제 알겠구나, 장바닥을
버려진 신짝으로 채이며
뒹굴며 살아온 사람만이
서해바다를 찾는 그 까닭을.

가난한 북한 어린이

지도*에서

엄마는 돈 벌러 서울 가서 이태째 소식 없고
아빠도 엄마 찾아 집 나간 지 여러 달포
이제 보름만 더 있다 온다는
어쩌다 전화로 듣는 아빠 목소리는 늘 취해 있다
두 동생 아침밥 먹여 학교 보내고
열두살 난 언니 하루 안 거르고 정거장에 나와 서지
만
진종일 서울 땅장수만 차를 오르내리고
다 저녁때 지쳐 돌아오면
저희들끼리 끓여 먹은 라면 냄비 팽개쳐둔 채
두 동생 텔레비전 만화에 넋을 잃었다
다시 밥 대신 라면으로 저녁을 끓이고
열두살 난 언니는 일기에 쓴다 전화도
텔레비전도 없는 북한 어린이들이 가엾다고
가난한 북한 어린이들이 불쌍하다고
엄마 아빠 돈 벌어 돌아올 날을 믿으면서

* 지도는 신안의 어촌으로서 옛날에는 섬이었으나 지금
은 다리로 육지와 연결돼 있다.

莊子*를 빌려

원통에서

설악산 대청봉에 올라

발 아래 구부리고 엎드린 작고 큰 산들이며

떨어져나갈까봐 잔뜩 겁을 집어먹고

언덕과 골짜기에 바짝 달라붙은 마을들이며

다만 무릎께까지라도 다가오고 싶어

안달이 나서 몸살을 하는 바다를 내려다보니

온통 세상이 다 보이는 것 같고

또 세상살이 속속들이 다 알 것도 같다

그러다 속초에 내려와 하룻밤을 묵으며

중앙시장 바닥에서 다 늙은 함경도 아주머니들과

노령노래 안주해서 소주도 마시고

피난민 신세타령도 듣고

다음날엔 원통으로 와서 뒷골목엘 들어가

지린내 땀내도 맡고 악다구니도 듣고

싸구려 하숙에서 마늘장수와 실랑이도 하고

젊은 군인부부 사랑싸움질 소리에 잠도 설치고 보니

세상은 아무래도 산 위에서 보는 것과 같지만은 않다

지금 우리는 혹시 세상을

너무 멀리서만 보고 있는 것은 아닐까 아니면

너무 가까이서만 보고 있는 것은 아닐까

    * 『莊子』秋水篇에 '大知觀於遠近'이라는 글귀가 있다.

초봄의 짧은 생각

영해에서

바닷바람은 천리 만리
푸른 파도를 타고 넘어와
늙은 솔숲에서 갈갬질을 치며 놀고
나는 기껏 백 리 산길을 걸어와
하얀 모래밭에
작은 아름다움에 취해 누웠다
갈수록 세상은 알 길이 없고

간 이 역

배낭 하나 메고
협궤철도 간이역에 내리다
물이 썰어 바다는 먼데도
몸에 엉키는 갯비린내
비늘이며 내장으로 질척이는 수산시장
손님 뜸한 목로 찾아 앉으니
처녀적 점령군 따라 집 떠났다는
황해도 아줌마는 갈수록 한만 늘어
대낮부터 사연이 길다
갈매기가 울고
뱃고동이 울고
긴 장화로 다리를 감은
뱃사람들은 때도 시도 없이 술이 취해
유행가 가락으로 울고
배낭 다시 들쳐메고 차에 오르면
폭 좁은 기차는 마차처럼 기우뚱대고
차창으로 개펄이 긴
서해바다 가을이 내다보인다

복 사 꽃

말골*에서

복사꽃잎들이 밀고 당기면서 떠내려간다
시시덕거리다가 싸움질도 하고
뾰로통 토라져 입을 앙다물기도 하고
그러다가 서로 얼싸안고 초라니춤을 추기도 한다
엎어지고 제켜지면서 앞서거니 뒤서거니
복사꽃잎들이 강물 위로 흘러간다
서로 할퀴고 때리고 치고 받으면서 흘러간다
오도방정을 떨면서 앞장을 서서 가는 것도 있고
짐짓 뒤처져 능장을 부리는 것도 있다
또 어떤 것은 고기며 물새와 장난질도 치고
어떤 것은 하늘과 산을 유유히 구경도 하지만
가면서 빛은 바래고 생기도 빠진다
얼마쯤 가면 복사꽃잎들은
하릴없는 허섭쓰레기로 바뀌리라
지금은 빨갛게 강물을 물들이며 흘러가지만
언젠가는 빛도 바래고 생기도 빠져
마침내 한낱 허섭쓰레기로 흘러갈 우리들을

지금 웃으며 보고 있는 이 혹 있지 않을까

* 말골은 춘성군 서면의 보리울에 딸린 북한강변의 작은
   강촌이다.

지리산 노고단 아래

황매천의 사당 앞에서

세상이 시끄러울수록
높은 목소리만이 들리고
사방이 어두울수록
큰 몸짓만이 보인다
목소리 높을수록
빈 곳이 많고
몸짓 클수록 거기
거짓 쉽게 섞인다는 것
모르지 않으면서
자꾸 그리로만 귀가 쏠리고
눈이 가는 것은
웬일일까

대나무 깎아 그 끝에
먹물 묻혀
살갗 아래 글자 새기듯
살다 가는 일은

서러운 일이다
낮은 목소리 작은 몸짓으로
살갗 아래
분노를 감추고
살다 가는 일은
아름다운 일이다
아침 저녁
짙푸른 하늘을 머리에 인
노고단을 우러르면서

그   림

옛사람의 그림 속으로
들어가고 싶은 때가 있다
배낭을 맨 채 시적시적
걸어들어가고 싶은 때가 있다
주막집도 들어가 보고
색시들 수놓는 골방문도 열어보고
대장간에서 풀무질도 해보고
그러다가 아예 나오는 길을
잃어버리면 어떨까
옛사람의 그림 속에
갇혀버리면 어떨까
문득 깨달을 때가 있다
내가 오늘의 그림 속에
갇혀 있다는 것을
나가는 길을 잃어버렸다는 것을
두드려도 발버둥쳐도
문도 길도

찾을 수 없다는 것을
오늘의 그림에서
빠져나가고 싶을 때가 있다
배낭을 메고 밤차에 앉아
지구 밖으로 훌쩍
떨어져나가고 싶을 때가 있다

여 름 날

마천*에서

버스에 앉아 잠시 조는 사이
소나기 한줄기 지났나보다
차가 갑자기 분 물이 무서워
머뭇거리는 동구 앞
허연 허벅지를 내놓은 젊은 아낙
철벙대며 물을 건너고
산뜻하게 머리를 감은 버드나무가
비릿한 살냄새를 풍기고 있다

　* 마천은 경남 산청군에 딸린 지리산 아래 마을이다.

54

내 원 동*

주왕산에서

물길 끝나는 곳이

무릉도원이라 했던

할아버지들의 옛말은 거짓말이다

이제 마을에는 뜯기고 헐린

어수선하고 스산한 집자리뿐

무성한 갈대들이

등 넘어온 바람을 타고

서럽게 운다

우리 고장 모두 이꼴이라고

세상 두루 다닌 바람이

아무리 달래도 막무가내로

* 내원동은 주왕산 속의 산마을로 한때는 소학교와 양조
  장까지 있는 삼백여 호의 큰 마을이었지만, 주왕산이
  국립공원으로 지정되어 주왕산이 그 고장에 사는 사람
  들을 위한 산에서 구경 오고 놀러 오는 사람들을 위한
  산으로 바뀌면서 이제는 서너 채만의 다 쓰러져가는 집
  과 버려진 농토만이 남은 폐촌이 되었다.

덕포* 나루

세상은 슬픈 거라며
한없이 서러운 거라며
새빨간 저녁놀에
날개 적시며 물새는 울고

홀로 가라고
강길을 홀로 가라고
엉겨붙은 바람에 몸 내맡기고
언덕의 미루나무는 말한다

얻는 것은 고통뿐인가
살다보면 남는 것은
고달픔뿐인가
신작로 어스름 속을 덜컹대는
지친 기계소리

그래도 별은 하늘에 뜨고

풀잎엔 맑은 이슬 맺히겠지

붉은등 켜진 창에

저녁놀 얼비치고

＊ 덕포는 옛날에 정선에서 내려오던 뗏목이 하룻밤을 묵
  으면서 작은 떼를 큰 떼로 고쳐 엮던 영월에서 가까운
  나루다.

안의장날

안의에서

산나물을 한 소쿠리 다 팔고

비누와 미원을 사 든 할머니가

늙은 마병장수와 장국밥을 먹고 있다

한낮이 지나면 이내 파장이 오고

이제 내외가 부질없는 안팎사돈

험하게 살다 죽은 사위

아들의 얘기 애써 피하면서

같이 늙는 딸

며느리 안부만이 급하다

손주 외손주 여럿인 것이 그래도 대견해

눈물 사이사이 웃음도 피지만

누가 말할 수 있으랴 이토록

오래 살아 있는 것이 영화라고

아니면 더없는 욕이라고

동해바다

후포*에서

친구가 원수보다 더 미워지는 날이 많다
티끌만한 잘못이 맷방석만하게
동산만하게 커보이는 때가 많다
그래서 세상이 어지러울수록
남에게는 엄격해지고 내게는 너그러워지나보다
돌처럼 잘아지고 굳어지나보다

멀리 동해바다를 내려다보며 생각한다
널따란 바다처럼 너그러워질 수는 없을까
깊고 짙푸른 바다처럼
감싸고 끌어안고 받아들일 수는 없을까
스스로는 억센 파도로 다스리면서
제 몸은 맵고 모진 매로 채찍질하면서

* 후포는 울진 아래 있는 작은 어항이다.

제 3 부

장 항 선

자리를 내주었더니 보따리에서
찐 고구마를 내놓는다
할머니는 시집간 막내한테 갔다 오는 길이다
풍금 잘 타고 뜀박질 잘하는
소학교 선생 노릇하는 딸년
자꾸만 눈에 밟혀

기차는 사과밭 감밭 사이를 달리고
갯비린내 뒤덮인 정거장에서마다
애기보따리들을 한아름씩 안은
할머니들을 태운다
그리하여 서부역에 닿은 장항선 밤차는
갯마을처럼 끈끈하고 너절한 얘기들을
온 서울 장안에 뿌려놓는다

산그림자

영암에서

이른 새벽 여관을 나오면서 보니
밤새 거리에 벚꽃이 활짝 피었다
잠시 꽃향기에 취해
길바닥에 주저앉았는데
콩나물 사들고 가던 중년 아낙
어디 아프냐며 근심스레 들여다본다
해장국집으로 아낙네 따라 들어가
창 너머로 우뚝 솟은 산봉우리를 본다
창틀 아래 웅크린 아낙의 어깨를 본다

하늘과 세상을 떠받친 게
산뿐이 아닌 것을 본다

섬

어찌 고통스럽지 않으랴
온갖 잡것들 모여들어
제 등을 허리를 옆구리를
끌로 파고 꼬챙이로 쑤시면서
할 짓 못할 짓 다 하고
제 잇속 채우느라고
갖은 방정 다 떠는 꼴을
뻔히 보면서 견뎌내는 마음이.
어찌 편할 수 있으랴
서로 찢고 발기고
편을 갈라 고함치고 삿대질하다가
마침내는 칼질 불질까지 하고는
그 피묻은 손을
제 목덜미에고 가슴에고
썩썩 함부로 문지르는 꼴을
눈 질끈 감고 보아넘기는 속이.
어찌 고르겠느냐

용 한번 크게 쓰고 몸 뒤틀면
제 몸에 달라붙어 쪟고 까불던
우쭐대는 것들 설치는 것들
거짓투성이의 너절한 것들 댓바람에
시퍼런 바닷물에 동댕이쳐지리라는 걸
훤히 알면서 참는 숨결이.

산 동 네

삼양동에서

집에서는 왕자처럼 살고
나와서는 잡초로 행세하는 자들이 싫어서
일년 내내 동네 밖을 안 나가는
딸기코 대서방 서사는 내 바둑동무다
남 앞에서는 옳은 소리만 하고
전문지식이 필요할 때가 되었다면서
자기 자식들은 몰래
외국으로 빼돌려 공부시키는 자들이 미워
신문도 방송도 안 본다는
허리 굽은 양복점 주인은 내 술동무다
한 스무 해 징역을 살고 나와보니
온갖 잡짓으로 돈벌고
또 여편네 앞장세워 출세한 것들이
투사가 되고 지사가 된 세상이 어이없어
두문불출 골방에 엎드려 한서나 뒤적이는
이가 다 빠진 늙은이는 내 걸음동무다
그래서 산동네 사람들은 아무것도 모르는 줄 알지만

그래서 산동네 사람들은 아무것도 안 보는 줄 알지만
아아 그래서 산동네 사람들은
눈도 코도 없는 줄 알지만……

偶　　吟

예산에서

아무리 낮은 산도 산은 산이어서
봉우리도 있고 바위너설도 있고
골짜기도 있고 갈대밭도 있다
품안에는 산짐승도 살게 하고 또
머리칼 속에는 갖가지 새도 기른다
어깨에 겨드랑이에 산꽃을 피우는가 하면
등과 엉덩이에는 이끼도 돋게 하고
가슴팍이며 뱃속에는 금과 은 같은
소중한 것을 감추어두기도 한다
아무리 낮은 산도 알 건 다 알아서
비바람 치는 날은 몸을 웅크리기도 하고
햇볕 따스하면 가슴 활짝 펴고
진종일 해바라기를 하기도 한다
도둑떼들 모여와 함부로 산을 짓밟으면
분노로 몸을 치떨 줄도 알고
때아닌 횡액 닥쳐
산 한모퉁이 무너져나가면

꺼이꺼이 땅에 엎으러져 울 줄도 안다
세상이 시끄러우면 근심어린 눈으로
사람들 사는 꼴 굽어보기도 하고
동네 경사에는 덩달아 신이 나서
덩실덩실 춤을 출 줄도 안다
아무리 낮은 산도 산은 산이어서
있을 것은 있고 갖출 것은 갖추었다
알 것은 알고 볼 것은 다 본다

늙은 소나무

밀양에서

나이 쉰이 넘어야
비로소 여자를 안다고
나이 쉰이 넘어야 비로소
사랑을 안다고
나이 쉰이 넘어야
비로소 세상을 안다고
늙은 소나무들은
이렇게 말하지만
바람소리 속에서
이렇게 말하지만

桃花源記 1

청풍에서

길 잃고 헤매다가 강마을 찾아드니

황토흙 새로 깐 마당가에서

늙은 두 양주 감자눈을 도려내고 있다

울타리 옆으론 복사꽃나무 댓 그루

잔뜩 부푼 꽃망울들은

마지막 옷을 안 벗겠다고 앙탈을 하고

봄바람은 벗으라고 벗으라고 졸라댄다

집 앞 도랑에서 눈석임물에

달래 씻어 들어오는 아낙네

문득 부끄러워 숨길래 동네이름 물으니

여기가 바로 도화원*이란다

＊ 도화원은 청풍에서 이십여 리 떨어진 강마을이었으나
충주댐의 완공으로 수몰, 이제는 이 세상에 없는 동네
가 되었다. 두보에게 「桃花源記」라는, 무릉인 어부가
도화원을 다녀온 얘기를 내용으로 한 시가 있다.

桃花源記 2

무주에서

물을 따라 올라가다
돌문*을 들어서니
복사꽃이 활짝 피어 덮은 마을
봄비는 은사시나무 가문비나무 가지에
이슬로 맺히고
들일을 안 나간 마을 사람들은
동네 사랑 된 가겟집 큰방에서
되놀이가 한창이다
어울려 놀다가
다 저녁때 나오다 보니
마을 어귀에 빈 집이 두어 채
반 넘어 뜯긴 마루에서
허리 굽은 늙은 아낙네
물거리 받쳐놓고
젖은 몸을 녹이고 있다

* 무주 구천동 초입에 신라와 백제 사람들이 드나든 것
  으로 잘못 알려져 명소가 돼버린 '나제통문'이라는 돌문
  이 있다.

겨울 바다 1

격포*에서

새빨갛게 단 갈탄난로 위에서

커다란 양은주전자의 엽차가 끓고

허벅지까지 덮은 장화에서

뚝뚝 바닷물이 떨어지는 두 어부가

큰 소리로 날씨걱정을 한다

볼이 빨갛게 단 아가씨가 바라보는 창 너머

바다는 시커멓게 성이 났다

다방을 집어삼킬 듯

으르렁거리며 다가왔다가는

짐짓 뒷짐을 지고 물러나고

출어 안 나간 고깃배 두 척이

안간힘을 쓰며 방파제에 매달려 있다

* 격포는 서해의 부안에 있는 포구다.

겨울 바다 2

다시 격포에서

물새들이 날개를 접고 엎드려
미친 바람이 지나가기를 기다리고 있다
지난 세월의
우리들의 모습도 바로 저러했을까

말과 별

나는 어려서 우리들이 하는 말이
별이 되는 꿈을 꾼 일이 있다.
들판에서 교실에서 장터거리에서
벌떼처럼 잉잉대는 우리들의 말이
하늘로 올라가 별이 되는 꿈을.
머리 위로 쏟아져내릴 것 같은
찬란한 별들을 보면서 생각한다,
어릴 때의 그 꿈이 얼마나 허황했던가고.
아무렇게나 배앝는 저 지도자들의 말들이
쓰레기 같은 말들이 휴지조각 같은 말들이
욕심과 거짓으로 얼룩진 말들이
어떻게 아름다운 별들이 되겠는가.
하지만 다시 생각한다, 역시
그 꿈은 옳았다고.
착한 사람들이 약한 사람들이
망설이고 겁먹고 비틀대면서 내놓는 말들이
자신과의 피나는 싸움 속에서

괴로움 속에서 고통 속에서 내놓는 말들이
어찌 아름다운 별들이 안되겠는가.
아무래도 오늘밤에는 꿈을 꿀 것 같다,
내 귀에 가슴에 마음속에
아름다운 별이 된
차고 단단한 말들만을 가득 주워담는 꿈을.

나 무 1

지리산에서

나무를 길러본 사람만이 안다
반듯하게 잘 자란 나무는
제대로 열매를 맺지 못한다는 것을
너무 잘나고 큰 나무는
제 치레하느라 오히려
좋은 열매를 갖지 못한다는 것을
한 군데쯤 부러졌거나 가지를 친 나무에
또는 못나고 볼품없이 자란 나무에
보다 실하고
단단한 열매가 맺힌다는 것을

나무를 길러본 사람만이 안다
우쭐대며 웃자란 나무는
이웃 나무가 자라는 것을 가로막는다는 것을
햇빛과 바람을 독차지해서
동무 나무가 꽃 피고 열매 맺는 것을
훼방한다는 것을

그래서 뽑거나

베어버릴 수밖에 없다는 것을

사람이 사는 일이 어찌 꼭 이와 같을까만

나 무 2

늙은 광부 김충선형에게

한자리에 붙박혀서는

살지 못하는 나무가 있다

한자리에 뿌리박고는

자라지 못하는 나무가 있다

잎이 시들고 줄기가

뒤틀리는 나무가 있다

때로는 옮겨주고 또 때로는

흙도 갈아주어야

제대로 꽃도 피고

열매를 맺는 나무가 있다

나보다도 더 많이 세상을

떠돌면서 살아온 나의 친구야

산수도 사람 때 묻어

주왕산에서

산은 켜로 쌓여
하늘과 닿은 곳 안 보이고
물은 맑은데도 깊이 알 길 없어
이곳이 사람 안 사는 곳인 줄 알았더니
무논에서는 개구리 울고
등 너머에서는 멀리 낮닭
홰치는 소리 들린다
알겠구나, 산수도
사람의 때 묻어 비로소 아름다워지는
이치를
땀과 눈물로 얼룩진 얘기 있어
깊고 그윽해지는 까닭을

말 뚝 이

영주의 농사꾼 김교선씨를 위하여

그는 발떠쿠가 센 사람
발길만 돌려도 바람이 인다
길을 가면 풀과 나무가 곤두서고
풀섶에선 온갖 죽었던 벌레가
되살아나 날아오른다
죽령을 넘을 때는
죽은 사람들이 앞뒤에서 그를 싸고
두억시니 쫓으며 뒤따른다
그래서 말뚝이인 그가
쓰레기가 된 온 고을 고추를 몰아다가
민정당사 앞에 쌓아놓은 그날은
종일 흐리고
저녁엔 빗방울도 후둑거렸는데
인사동이며 관훈동 골목에
백차일 치듯 깔린 죽은 사람들을
동네 사람들은 보았다

제 4 부

간고등어

봉화의 전우익 선생에게

서울 왔다고 전화해서 나가보면
손에 두어 손 간고등어가 들렸다
왕골자리 매어 바꾼 돈으로
안동장에 가서 산 간고등어
의자보다 땅바닥이 편하다고
아무데서나 쭈그리고 앉길 좋아하는 그는
때로는 어울리지 않게
허리춤에서 단소를 꺼내 들고는
수자리 살다가 도망온 신라병정 같은
꺼벙한 눈을 두리번거리면서
안동에서도 외진 골 촌사람 권정생과
박달재의 젊은 판화쟁이 이철수 얘기를 한다
얄궂은 세상은 그를
착한 농민으로 살게 두지를 않아
옥살이로 옥바라지로
몇 뙈기 안 되는 땅 다 날리고
이제 남은 것은 텃밭뿐이지만

그는 소금에 절은 간고등어 들고
험한 세상 곳곳을 누비면서 사람도 만나고
진짜 농군이 되는 법도 가르친다

줄   포*

농사꾼 대서쟁이 김장순씨에게

뻘밭에 갈매기만 끼룩대는 폐항

길다란 장터 끝머리에 있는 이층 대서방은

종일 불기가 없어도 훈훈하다

사람들은 돈 대신

막걸리 한 주전자씩을 들고 와

진정서와 고발장을 써 받고

대서사는 묵은 잡지 뒤숭숭한 시렁에서

마른 북어를 안주로 꺼내놓고 한마디한다

사람은 착한 게 제일이랑께

그저 착하게 사는 게 제일이랑께

그래서 줄포 폐항의 기다란 장터

술집에서 사람들은 나그네더러도 말한다

사람은 착한 게 제일이랑께

그저 착하게 사는 게 제일이랑께

> * 줄포는 한때는 전북에서 군산항 다음가는 큰 상항이었
> 으나 30년대부터 토사가 밀려들어 바다가 메워지면서
> 이제는 항구로서의 기능을 거의 상실했다.

정선아리랑

정선의 노래꾼 김병하*씨에게

조물주는 에누리가 없어 우리에게
산자수명 그 아름다운 산과
눈부시게 맑은 물을 주었지만 그 대신
모진 하늘바래기와
가파른 돌밭밖에 주지 않았다
그래서 이렇게 산자락과
개울가에 붙어 살면서
우리가 배운 것은 두려움이니
조물주의 뜻을 따르리라는 두려움이니
꼴이나 베고 밭이나 매면서
한과 가난을 노래로 푸는 우리를
겁쟁이라 이르지 말라
어리석다 말하지 말라

* 김병하씨는 정선아리랑의 기능보유자다.

산유화가*

부여의 노래꾼 박홍남씨에게

어름사니 곤두쇠 앞세우고
잡이들 또 한떼 데불고 두어삼 년
우리 가락 찾겠다고 팔도 떠돌다보니
이거 야단났구나 알거지 내 아닌가
남은 것 헝겊쪼가리 부싯돌 하나까지
이 사람 지우고 저 사람 들려
삼지사방 제 갈 곳 찾아 흩어보내고
내 홀로 주저앉은 곳 하필
백제의 옛서울 부여로다
문전걸식 등걸잠으로 한 해 보내고
비럭일로 그냥고지로 또 한 해 보내는 사이
귓전에 들리는 소리 산유화야 산유화야
내 찾던 소리 떠돌며 찾던 소리
내 예서 듣는구나 산유화야 산유화야
논에 엎드려 밭고랑에 주저앉아
산유화야 산유화야 백제의 넋 산유화야
날품팔이로 그 소리 들으며 부르며

이날까지 날 떠돌게 한 것
이제사 알겠구나 그것이 무언가를

  * 「산유화가」는 부여지방에서 불리던 김매기노래로 노래
  속에 백제 유민의 한이 서려 있다고 말해진다.

김막내 할머니

안의*에서

시게전 끝께에서 술장사를 하는
김막내 할머니는 이 길로 쉰 해째다
청춘에 혼자되어 아이 하나 기르면서
멀쩡하던 사내 하룻밤새 송장 되는
차마 못 견딜 험한 꼴도 보고
죽자 사자던 뜨내기 해우채 되챙겨
줄행랑놓았을 때는 하늘이 온통 노랬지만
전쟁통에는 너른 치마폭에 싸잡아
살린 남정네만도 여럿, 지내놓고 나니
세상은 서럽기만 한 것도 아니더란다
어차피 한세상 눈물은 동무해 사는 것
마음은 약하고 몸은 헤펐지만
때로는 한숨보다 더 단 노래도 없더란다
이제 대신 술청을 드나드는 며느리한테
그녀는 아무 할말이 없다
돈 못 번다고 게으름핀다고 아들 닦달하고
외상값 안 갚는다고 손님한테 포악 떨어도

90

손녀가 캐온 철이른 씀바귀 다듬으며
그녀는 한숨처럼 눈물처럼 중얼거린다
세상은 그렇게 얕은 것도 아니라고
세상은 또 그렇게 깊은 것도 아니라고

    * 안의는 덕유산 아래의 함양땅이다.

달   빛
풍기에서

영춘 봉화 풍기 영주
소백산 가까운 이 산속 장터 치고
책보따리 지고 메고
그의 발길 가 머물지 않은 곳 없다
좌판 벌이는 자리는 정해져서
좀약 플라스틱옷걸이 따위 잡화전 뒷전
여러해째 동무된 할머니들은
파수마다 용케 찾아오고
박씨전 한대목 신바람나게 읊다보면
하루 장은 늘 짧기만 하다
해 기울면 십년단골 찾아들어가
국밥 한 그릇 말고
윗목 한귀퉁이 새우잠으로 누우니
그게 바로 그의 집이다
누가 그의 삶을 고닲다 하느냐
밤중에 한번 눈떠 보아라
싸늘한 달빛에 어른대는

산읍 외진 거리에 서보아라
사람이 사는 일 다 그와 같거니
웃고 우는 일 다 그와 같거니

종 소 리

안동의 동화작가 권정생씨에게

과수원 사과나무에 가려 담이 반밖에 안 보이는
산모롱이 개울가 외진 곳집 옆
궤짝 같은 두칸집이 그가 혼자 사는 집이다
맨드라미가 핀 손바닥만한 마당에서
개와 토끼가 종일 장난질을 치고
학교에서 돌아오는 아이들은 떼로 몰려
질퍽질퍽 물을 밟고 개울을 건너
주인이야 있거나 말거나
젖은 발로 방에 들어가 엎드려 동화를 읽는다
늦어서 아이들과 함께 먹는 밥은
그가 생활보호 대상자라고
면에서 나오는 쌀로 지은 것이다
밤이 되면 그는 마을 안 교회로
종을 치러 간다 그 종소리를 들으면서
사람들은 오늘도 무사히 넘겼음을 감사하지만
그 종소리를 울면서 듣고 있는 것들이
따로 있다는 것을 그들은 모른다

버려지며 풀 따위 아주 작고 하찮은 것들
하지만 소중한 생명을 지닌 것들이
종소리를 들으면서 울고 있다는 것을 모른다

광 안 리

이청운 화백에게

해수욕장의 파도소리가 들릴 것 같은 언덕
빽빽한 집들 사이에 박힌 동산원
이곳이 전쟁통에 젖도 안 떨어진 채 버려진
이청운이 번호만 안고 자란 곳이다
무릎이 까지도록 들일을 하고
벽돌도 나르고 닭도 돌보고 새도 보고
눈물이 묻은 밥알을 삼키는 밤이면
대밭을 부는 바람소리가 유난히 컸다
나이들어 스스로 이름지어 학교도 들어가고
한겨울에도 맨발로 거리를 헤매고
또 도망쳤다 되돌아오기 여러 번
그래도 바다와 대숲과 하늘은
사시사철 푸르기만 하더란다
세상은 온통 맑고 환하기만 하더란다
아픈 기억이 싫어 피하기만 하다가
이십 년 만에 찾아와 마당에 서니
낡은 건물에도 작고 쪼그라든 대숲에도

유원지로 바뀐 뻘에도 바다에도
잿빛 가랑비가 내린다
지나놓고 보면 행도 불행도
한낱 깊고 그윽한 잿빛 그림일까

게으른 아낙

김삿갓 무덤*에서

억만금이나 족보에 남길 석자 이름을 위해
시를 썼더라면
어찌 김삿갓 이 외진 산골에 와서
젊은 아낙과 종일 동무하면서
복되게 누워 있을 수 있었겠는가
홀시아비와 남편 장보러 보내고 나선
아침상 치우고 늘어지게 한잠을 자고
아직 덜 끝난 텔레비전 프로로
길게 하품을 끄고, 젊은 아낙
아기 끌어안고 무덤가에서 한나절을 보낸다
걸어 산길 오십 리, 다시 강 따라 찻길 백 리
그 친정도 이젠 지척이어서
전화소리 듣고 달려가면
친정엄마 딸네 겨울옷 걱정 찬거리 걱정에
다시 눈물을 찔끔댄다
여름내 가으내 농사지어 양식 마련되면
시동생들 학자금 번다고

시아비와 남편은 장돌뱅이로 나가고
산 너머 고개 너머 이곳은 별천지라지만
베틀도 바느질거리도 다듬이질거리도 없고
수다떨 이웃 아낙도 없어
아기에게 젖 물리고 무덤 가서 한나절 보내는
젊은 아낙을 이제도 그는
게으른 아낙이라 빈정대랴
한 그릇 쉰 밥이나 술 한잔을 위해
시를 썼대서 산자수명한 산골 언덕에 누워
젊은 아낙과 동무하면서
이제사 그는 깨달을까, 세월 바뀌어
게으름이 또한 아름다움 되었음을

* 김삿갓의 무덤은 영월 하동 노루목에 있는데, 생전에
  그는 「多睡婦」「懶婦」「惰婦」 등 여러 편의 시를 써서
  게으른 아낙을 욕한 바 있다.

산   절*

눈 속에 빠진 토끼를 구해주었더니
이듬해 봄엔 알아보고 인사를 하더란다
나무 갔다가 호랑이를 만나도 처사는 두렵지 않다
그가 해코지 않으리라는 걸
호랑이도 알 터이니까
그는 사람들이 왜 뜯고 싸우는질 모르겠단다
왜 서로 속이고 죽이는 걸 모르겠단다
해발 천 미터가 넘는 외진 산절
삼십 리 산길 오르내리며 장보고 땔나무하고
처사는 세상에 부러울 게 없다
그러나 주지도 동자승도 일찍 잠자리에 든 봄밤
길 잘못 들어 모처럼 찾은 나그네 잡고
촛불 밝힌 채 밤새 얘기하고 싶은
처사의 심정 아는 이 오직 보살뿐일까
용해빠진 남편 의지하고 살 수 없어
청춘에 집 나와 안잠자기로 달첩질로 또
논다니로 평생을 떠돌다가 절붙이 되고도

밤이면 그 사내 꿈에 보는 늙은 보살뿐일까

＊ 무주에 해발 천 미터가 넘는 적상산이 있고 그 속에
  주지·동자승을 합쳐 식구가 넷뿐인 외진 산절 안국사
  가 있다.

소장수 신정섭씨

영흥도에서 만난 소장수 신정섭씨는
꼭 세 마디만 가지고 소를 몬다
고삐 당겨 이랴이랴로 끌고
딴 곳으로 가려는 소 어뎌어뎌로 막고
힘들어 숨차하면 워워로 세운다
소장수 신정섭씨는 뭐든지 다 안다
소 눈만 끔뻑해도 가려운 데 어덴 줄 알고
귀만 쫑긋해도 아픈 데 어덴 줄 안다
소 몰고 가는 길 어데쯤
도랑이 있고 돌이 박힌 것도 훤히 알고
길에서 만나는 남의 소 나이며
성질까지도 담박 안다
그래서 소장수 신정섭씨는 세 마디만 가지고
세상을 몰겠다는 사람들이 밉다
백성의 어데가 아프고
어데가 가려운 줄도 모르면서
이랴이랴로 끌고 어뎌어뎌로만 다스리려는

어리석은 사람들이 밉다 못해 가엾다
어디에 물이 있고
어디에 불이 있는 줄도 모르면서
워워로만 막으려는 사람들이
가엾다 못해 불쌍하다
세 마디만 가지고 세상을 몰려다가
물고문 불고문으로 사람을 잡고
몽둥이질 발길질로 나라를 잡고
마침내 성고문으로 스스로 짐승이 된
얼빠진 사람들을 모조리 잡아다가
뭐든지 아는 소장수 신정섭씨는
그 아들딸까지 모조리 잡아다가
한 백 년쯤 소장수를 시키고 싶다
여름 겨울 없이 섬을 떠도는
한 천 년쯤 소장수를 시키고 싶다
단 세 마디로 거꾸로 소한테 끌려다니는
순하디순한 소가 되게 하고 싶다
이랴이랴 어뎌어뎌 워워 세 마디로 소를 몰면서

고　목

청풍*의 뱃사공 우노인을 위하여

옆구리에 허리에 큰 상처를 지니고도
머리에 흰구름 이고 우뚝 서 있는 게
어디 고목뿐이겠는가
다리 하나 팔 하나 뚝 잘린 채
그래도 사람 사는 일은 자못 흥겨워
머리 수굿 굽어보고 있는 게
이 나이먹은 고목뿐이겠는가
온갖 설움 온갖 아픔 온갖 괴로움
눈감아 지그시 누르고
잔잔히 웃고 서 있는 게
어디 큰 고목뿐이겠는가

그의 이마를 덮은 흰머리칼의 뜻을
어찌 우리가 안다 하랴
사람 사는 곳 찾아 기웃대고
때로 사람들 시고 떫은 얘기에
짐짓 귀기울이기도 하는 그 속마음을

어찌 우리가 안다 하랴

깊은 주름 위에 굵은 주름 속에

배어 있는 웃음의 내력을

어찌 우리가 안다 하랴

* 역사 오래인 고을 청풍은 충주댐이 만들어지면서 1985
  년 세상에서 모습을 감추었다.

인사동 1

민병산 선생을 애도하며

허름한 배낭 어깨에 걸고
느릿느릿 걷는 그의 별난 걸음걸이는
이제 인사동에서 볼 수 없게 되었다
귀천 또는 수회재에 앉아
눈을 반쯤 감고 어눌한 말소리로
지나가듯 토하는 날카로운 참말도
더는 인사동에서 들을 수 없게 되었다
사람들이 수없이 도전하고 좌절하고
절망하고 체념한 끝에 비로소 이르는
삶의 벼랑에 일찌감치 먼저 와 앉아
망가지고 부서진 몸과 마음
뒤늦게 끌고 밀고 찾아오는 친구들
고개 끄덕이며 맞는 그 편하디편한 눈은
아무데서도 볼 수 없게 되었다
다만 찻집에 국숫집에 공방에 필방에
누구도 닮지 않은 또 아무도
흉내내지 못할 그의 글씨만이 걸려

고개 외로 틀고 세상 혼자서 살다 간
자유롭고 거침없이 세상을 살다 간
그의 얘기를 들려주고 있다
그가 늘 쓰고 다니던
빛바랜 쭈그러진 모자처럼
조금은 슬프고 또 조금은 외롭게
세상을 살다 간 얘기를 들려주고 있다

인사동 2

다시 민병산 선생을 애도하며

세상을 사는 데는
그렇게 많은 지식이 필요없는 법이라고
그렇게 많은 돈이 필요없는 법이라고
그렇게 많은 행동이 필요없는 법이라고

몸을 저승에 보내고도
인사동에서만 맴돈다
출세한 친구도 인사동에서만 보고
미국 가는 친구도 인사동에 앉아 배웅했듯
그의 죽음 서러워하는 인사도
인사동에 앉아서 받는다

세상을 떠나서도
가진 것이 없을수록 좋더라면서
움직임이 적을수록 좋더라면서

화령*장터 신기료장수

오 년 전 십 년 전이나 한가지로
늙은 신기료장수 종대 아래 앉아 있다
초 먹인 실로 낡은 기성화 꿰매며.
그 아니라면 담 너머로 장구경하는 살구꽃인들
무슨 멋이랴만
마흔 넘도록 장가 못 가 반 실성한 채
집 나간 큰아들 소식 없어
타는 그의 속 어찌 살구꽃으로 재우겠는가.

  * 화령은 상주에서 보은으로 넘어오는 길목의 유서깊은
  장터다.

춘 향 전

운봉*에서

그날 이도령은 마패 대신 품속에
대창을 감추어 들고 왔다
헛간에서 사흘을 묵고
잃어버린 부대 찾아 산으로 되돌아간 뒤
여태껏 소식이 없다

세상에 천지가 변학도였지만
벙어리 삼 년 귀머거리 삼 년
불때기 삼 년 술따르기 삼 년
어느새 춘향은 늙고

그날밤 이도령이 뿌린 씨앗은
머리 허연 중늙은이가 되었다
남원에서 춘향제가 열리는
사월 초파일이면

반야봉을 바라보는

동네 밖 돌장승의 큰 눈에서 뚝뚝

굵은 눈물방울이 떨어지는 까닭을

아는 이 이제 어찌

늙은 춘향이뿐이랴

  * 운봉은 남원에 딸린 옛고을인데 이 고장에 전쟁으로
    남정네를 빼앗긴 아낙들이 어찌나 많은지 서천리에 있
    는 두 기의 돌장승까지도 남원에서 춘향제가 열리는 사
    월 초파일이면 뚝뚝 눈물을 흘린다는 얘기를 고로들은
    한다.

평민 의병장의 꿈

젊은 판화가 이철수에게

양반에게 대들었다 해서 패씸죄로
평민 의병장 김백선이 목이 잘린
박달재 아래 평동*이라는 동네에
젊은 판화가 이철수는 들어와 터를 잡았다
힘겹게 사는 농민들을
그의 판화 속에 넣을 작정이란다
하지만 그는 알고 있을까
평민 의병장 김백선이
그의 판화 속으로 들어가려
무진 애를 쓰고 있다는 사실을
겨울비 추적이는 저녁이면 곧잘
옹기장수와 동무해서 재를 넘기도 하고
여름이면 참외밭 수박밭에서
슬픈 얼굴로 아이들 노는 것을
구경하기도 하면서

  * 평동은 충북 제원군 백운면의 산마을로 포수 출신 의
   병장 김백선은 양반에게 대들었다 해서 이곳에서 항명
   죄로 처형당했다.

산 처 녀

남원에서 만난 산꾼 이영실에게

지리산에 반해서
지리산 가까이 와 사는 춘향이는
이도령을 위해 눈물로 세월을
보내지는 않는다
암행어사 되겠다고 비행기 타고 떠난 님
생각나면 아무 때고
가게문 닫아걸고 산을 오른다
산길에서 만나는 사람이
그날의 애인이다
하지만 딴 맘 먹지 말라
사내처럼 튼튼한 팔다리에 깃든 마음
반야봉만큼이나 단단하니
바위너설에 붙은
고로쇠나무만큼이나 억세니

뗏　목

봉암사*에서

뗏목은 강을 건널 때나 필요하지
강을 다 건너고도
뗏목을 떠메고 가는 미친놈이 어데 있느냐고
이것은 부처님의 말씀을 빌어
명진 스님이 하던 말이다
저녁 내내 장작불을 지펴 펄펄 끓는
방바닥에 배를 깔고 누운 절 방
문을 열어 는개로 뽀얀 골짜기를 내려다보며
곰곰 생각해본다
혹 나 지금 뗏목으로 버려지지 않겠다고
밤낮으로 바둥거리고 있는 것은 아닐까
혹 나 지금 뗏목으로 버려야 할 것들을 떠메고
뻘뻘 땀 흘리며 가고 있는 것은 아닐까

* 봉암사는 문경의 희양산에 있는 절이다.

後　記

　노래를 듣는다는 구실을 내세워 돌아다닌 지 꽤 여러해
가 되었다. 그 동안 많은 사람을 만났고 많은 고장을 보
았다. 노래도 노래지만 역시 사람을 만나고 그 사람들이
사는 서로 엇비슷한, 그러면서도 조금씩 다른 고장을 보
는 것이 더 큰 재미였다. 꼭 시로 쓰고 싶은 강렬한 충동
을 주는 사람이나 고장을 만나는 일도 많았다. 그때마다
메모해 두었다. 더러는 그 직후 시로 정리해서 발표하기
도 했었으나 대부분 그냥 메모에 머문 채 여러해가 지났
다. 그것을 한 반년에 걸쳐 정리해서 발표한 것이 이 시
집에 들어 있는 시들이다. 그렇지 않은 시가 몇 편 들어
있지만 그것들은 정리할 당시의 생각과 느낌을 쓴 시들이
어서 이 시집에 함께 넣었다.

　앞에서 말했듯 노래를 듣는다는 것은 구실에 지나지 않
았다. 노래를 듣는 재미가 어찌 사람을 만나고 그 사람들
이 사는 마을을 구경하는 재미를 따를 수 있겠는가. 또
생각해보면 나는 그 이전부터도 틈만 나면 돌아다니면서
나와는 여러모로 다른 사람도 만나고 마을도 구경하고 친
구도 사귀었다. 하지만 제대로 돌아다니기 시작한 것은
노래를 듣는다는 구실을 내세우고부터이니, 이렇게 돌아
다니면서 세상공부를 다시 하기 시작했다고, 내가 틈만
있으면 내세웠던 말도 틀린 말은 아니다.

하지만 그만큼 세상을 공부했으면 무엇이 달라져도 달라져야 할 터인데 과연 나는 무엇이 얼마만큼이나 달라졌는가. 이렇게 생각하면 세상공부를 다시 하기 시작했다는 말도 부질없는 말 같기만 하다. 첫째로 세상을 보는 눈이 조금도 깊어지거나 넓어지지를 못했으니 어찌 세상공부를 다시 했다고 할 수 있겠는가. 더욱이 나는 이번 시집을 정리하면서 내 가슴 깊이 뿌리박혀 있는, 스스로 이 세상을 끌고 나간다고 생각하고 있는 것들에 대한 미움 같은 것을 끝내 떨쳐버리지 못하고 있는 나 자신의 옹졸함에 저으기 놀랐다.

돌아다니면서 내가 분명하게 깨달은 것 중의 하나는 사람들은 대체로 마음 편하게 살기를 좋아한다는 점이었다. 편하게 대할 수 있는 사람을 좋아하고 편하게 만들어주는 사람을 좋아한다는 점이었다. 그래서 나는 나의 시도 앞으로 읽는 사람이 편하게 대할 수 있고 읽는 사람을 편하게 만들어주는 것이 되어야겠다는 생각을 했었다. 이번 시집의 시들이 과연 내가 뜻한 그런 시가 될 수 있을까, 역시 아무래도 자신이 없다.

시집을 정리하면서 또 하나 느낀 게 있다면, 오늘의 우리 시가 너무 크고 높은 것만 좇고 있는 것이 아닌가, 그래서 자잘한 삶의 결, 삶의 얼룩은 다 놓치고 있는 것이 아닌가 하는 점이었다. 어쩌면 민중을 노래한다면서 민중의 참삶의 깊은 곳은 보지 못하고 기껏 민중을 이끌고 가는 혹은 이끌고 가는 것처럼 보이는 힘을 힘겹게 뒤좇아가는 처절한 모습이 우리 시 한쪽에 보이기도 했기 때문이다. 과연 시가 그토록 욕심을 가지는 것이 올바른 일인가. 시의 값은 오히려 본질적으로 작고 하찮은 것, 못나고 힘없는 것, 보잘 것 없는 것들을 돌보고 감싸안고, 거기에 그치지 않고 스스로 낮고 외로운 자리에 함께 서고, 나아가서 그것들 속의 하나가 되는 데 있는 것이 아닐까. 또 그것이 시의 참길이 아닐까. 그렇다면 시는 잘나고 우쭐대고 설치는 사람들의 몫이 아니라 못나고 겸허하고 착한 사람들의 몫일는지도 모를 일이다.

좀체 정리할 기회가 없던 시들을 정리할 계기를 만들어준 조정래형과 다섯번째나 시집을 만드는 수고를 해준 창비의 여러 친구들에게 감사드린다.

1990월 3월

신 경 림

창비시선 83

길

초판 1쇄 발행/1990년 4월 10일
초판 21쇄 발행/2024년 6월 18일

지은이/신경림
펴낸이/염종선
펴낸곳/(주)창비
등록/1986년 8월 5일 제85호
주소/10881 경기도 파주시 회동길 184
전화/031-955-3333
팩시밀리/영업 031-955-3399 편집 031-955-3400
홈페이지/www.changbi.com
전자우편/lit@changbi.com

ⓒ 신경림 1990
ISBN 978-89-364-2083-3 03810